SEM COMENTÁRIOS

ISBN 85-88627-05-1

Desenhos e Textos:
Allan Sieber

Projeto Gráfico:
Olívia Ferreira e Pedro Garavaglia / estúdio Radiográfico

Designer Assistente:
Renata Negrelly

Impressão do miolo:
Milograph

Impressão da capa:
Zen Serigrafia

Consultoria gráfica e acabamento:
www.ArquimedesEdicoes.com.br

CIP-BRASIL. CATALOGAÇÃO-NA-FONTE
SINDICATO NACIONAL DOS EDITORES DE LIVROS. RJ

S573s

Sieber, Allan, 1972 -
Sem Comentários / Desenhos e Textos Allan Sieber.
Rio de Janeiro : Casa 21 , 2005
96 p. : il.:

Texto em quadrinhos
ISBN 85-88627-05-1

1. Internet - Humor, sátira, etc. - Histórias em quadrinhos.
2. Weblogs - Humor, sátira, etc. - Histórias em quadrinhos.
3. Histórias em quadrinhos.
I. Título.

05-2632. CDD 741.5
CDU 741.5

18.08.05 19.08.05 011305

Todos os direitos desta edição reservados á:
Casa 21 Ltda
Rua do Catete, 92 - casa 21
22220-000 Rio de Janeiro RJ
Tel: (21) 2205-8661
www.editoracasa21.com.br
casa21@uol.com.br

casa XXI

SEM COMENTÁRIOS

DESENHOS E TEXTOS DE

ALLAN SIEBER

APOIO:

UOL

O MELHOR CONTEÚDO

Sou péssimo com computadores.

É sério, só sei mexer nos programas que uso para escanear e colorir meus desenhos e olhe lá. Não sei nem ao menos instalar um programa no meu computador.

Não tenho a mínima idéia de como toda essa traquitana funciona, acho que dentro das máquinas deve ter milhares de japonezinhos fazendo nosso trabalho pesado, deve ser isso.

Por ignorância e preconceito – meus principais conselheiros desde sempre – só entrei na era digital quando não tinha mais outra escolha: ou aprendia um pouco dessa merda ou era despedido do meu emprego.

Não aprendi, mas enganei bem e engano até hoje.

Com a internet foi a mesma coisa. No começo da popularização da rede eu achava que era uma brincadeira entre *nerd*s que não servia para nada.

Bem, os *nerds* se multiplicaram – certamente não através de relações sexuais – e dominaram o mundo, mas de fato a internet se revelou uma ferramenta absurda de pesquisa e troca de informações. Para pessoas como eu que têm fobia de telefone, então, ela se revelou um pai e uma mãe.

Depois que o e-mail mudou minha vida e me deixou uma pessoa quase feliz resolvi que era hora de fazer minha página pessoal na rede. O que melhor para esse fim senão os blogs, onde até um cachorro manco pode criar seu site sem saber bulhufas de técnica?

Então, em 2003, estreei a primeira versão do **The Allan Sieber Talk** *To Himself* **Show** em um provedor vagabundo.

Quase todo dia eu colocava um desenho ou cagava uma regra, com freqüência as duas coisas ao mesmo tempo. Era muito fácil, você colocava uma coisa na página e na mesma hora os "leitores" mandavam seus comentários, geralmente oscilando de simpáticos a doentes mentais. Muito divertido, ainda mais quando você entra no jogo de ofensas mútuas com seu "público".

Como consegui viver tanto tempo sem isso?

Nesse Sem *Comentários* eu selecionei o material publicado na rede entre o começo de 2003 e o começo de 2005 e as devidas observações dos internautas e desocupados de plantão, abrangendo, por assim dizer, as três fases do meu blog, do primeiro provedor até os atuais tempos do UOL.

Para falar a verdade não tenho a mínima idéia de quem são as pessoas que freqüentam meu site, ou melhor, tenho sim: elas vão de jogadores de vôlei frustrados até Atletas de Cristo, passando por satanistas e cristãos empedernidos até webdesigners e os habituais punheteiros.

A todos que perderam alguns minutos de suas preciosas vidas lendo as bobagens que escrevo, eu dedico esse livro.

Divirtam-se.

Allan Sieber

Procurei, em vão, várias pessoas de notório saber para escrever este prefácio, mas ninguém aceitou a missão. Então, sobrou pra você mesmo, mané!

THE ALLAN SIEBER TALK TO HIMSELF SHOW

07/01/2003

olá.

Allan Sieber - 5:36 - [(8) Comentários)]

09/01/2003

NÃO OFENDEI AS CRIANCINHAS E TODOS AQUELES QUE ME DÃO GRANA

Cartunzinho limado pelo tio Ziraldo na finada sessão Zona de Risco do Pasquim 21, onde eu, Adão, Fabio Zimbres, Jaca, Leonardo e Gilmar Rodrigues conferíamos um pouco de dignidade ao casto tablóide (?).

[Filipe] Esse Ziraldo é da Tradicional Família Mineira, então não conta.
[Mariana] Tá nojento isso.
[Paulinha] A auréola de mosquinhas que é o lance.

Allan Sieber - 12:16 - [(14) Comentários]

14/01/2003

LULA

O comentário mais classe que eu ouvi sobre a vitória do Lula foi no próprio dia da eleição, numa padaria aqui perto da Tosco. Um porteiro largou essa enquanto saboreava aquela cerveja – proibida, vejam bem, lei seca e tal – no final de tarde:

- Porra, agora que ele finalmente ganhou essa merda ele vai pra casa abrir uma Skol pra comemorar.

Não ouvi nem li análise melhor daquele momento.

Allan Sieber - 4:18 - [(13) Comentários]

15/01/2003

CERTAS COISAS NUNCA MUDAM

– Desculpe, mas não servimos cartunistas aqui.

Allan Sieber - 8:18 - [(11) Comentários]

20/01/2003

GONZO GOURMET

Sábado tive a felicidade de ser apresentado ao Fantasy, simpático boteco – apesar do nome de puteiro – em Botafogo onde degustei um churrasquinho de gato da melhor qualidade. Quem fez as honras da casa foi Matias "Mad" Maxx, o repórter gonzo que está em diversos lugares suspeitos e estranhos ao mesmo tempo.

Na real eu estava mesmo a fim era de comer uma coxinha – um clássico – e foi o que eu pedi logo que cheguei ao recinto. Fui informado pelo garçom de que ali "as coxinhas eram fritas na hora". Humm, pensei, finalmente um boteco honesto!

De fato a coxinha era frita na hora, mas de uma maneira bizarra que deixava a parte de fora crocante e o recheio de galinha CONGELADO. Sério, você mordia o lance e fazia uns crocs, crocs de gelo quebrando. Como não sou homem de reclamar de comida – a não ser que ela pisque para mim – encarei com dignidade o inusitado quitute e tive uma grande idéia: não seria maravilhoso se a Kibom começasse a produzir picolés de galinha? Imaginem, blocos de galinha desfiada ligeiramente congelada em um palito de madeira.

O que falta é gente de visão no ramo dos sorvetes.

Allan Sieber - 3:26 - [(25) Comentários]

22/01/2003

Tira que eu fiz para a revista que o Ota vai lançar. Essa revista vai ser cascuda.

Allan Sieber - 7:03 - [(9) Comentários]

HEY, HEY, HEY! JACA É NOSSO REI!

Estamos fazendo na Tosco um comercial para uma loteria e passei para o mestre Jaca a tarefa de fazer os cenários do filminho. Pra variar ele humilhou. O Jaca é foda, ele já tinha feito uns cenários sinistros para o "Onde Andará Petrucio Felker?" usando o mesmo esquema de desenhar direto no Flash. Esses ilustradores zé ruela que tem aos montes por aí deviam olhar para o trampo dele e se matarem.

É incrível que um cara como o Jaca não tenha uma pá de albuns editados e não seja milionário. Ele e o Fabio Zimbres.

Se bem que o Fabio ganha bem mas gasta tudo com drogas e mulheres fúteis, o danadinho.

Allan Sieber - 7:12 - [(18) Comentários]

25/01/2003

EIGHTBALL BROTHER

Tira em formato weekly do Negão Bolaoito. Egresso da finada Bifaland, A Cidade Maldita, que aparecia no Zap do Estadão, o Negão Bolaoito só teve projetos fracassados, entre eles o piloto de uma série em animação veiculado na MTV daqui. Mas os caras não estavam afim de botar a mão no bolso.

Allan Sieber - 9:41 - [(24) Comentários]

04/02/2003

POR UM MOMENTO ACREDITEI

Quadrinhos que eu e Adão fizemos em 2000 para vender para um jornal carioca. Não rolou.

Os personagens eram dois irmãos, o Mel Gibson – um *nerd* – e o Platão, um cara saradão burro.

[Mauricio] Dificil saber quem desenha pior, tu ou o merda do Adão.
[Markinhos] Isso é coisa pra carioca, ô gaúcho viado.

Os Irmãos Brothers

©ADÃO + ALLAN SIEBER

OS IRMÃOS BROTHERS

Allan Sieber - 9:27 - [(43) Comentários]

13/02/2003

O Último dos Românticos

"O Último dos Românticos" foi uma exposição de cartuns que fiz no simpático Museu do Trabalho de Porto Alegre, no início do ano passado. Esse museu é o único em Porto Alegre – e talvez no Brasil – que freqüentemente organiza exposições com artistas gráficos. O monstruoso Carlos Nine e o Fabio Zimbres

< www.museudotrabalho.org >

já passaram por lá com suas individuais (ui,ui,ui! Individuais!!!). O Museu é dirigido com mão de ferro pelo gaulês irredutível Hugo e está sempre de portas abertas , quem passa na frente entra sem problemas. Grande Hugo.

Esse ano vou montar essa exposição aqui no Rio.

Allan Sieber - 2:17 - [(8) Comentários]

27/02/2003

Esse desenho eu fiz para uma camiseta do Defalla na fase glam – fala sério! – de 2001. Esses dias eu encontrei o Z – a.k.a. Zeca Francis – aqui no Rio e ele me contou quase aos prantos que sua ambígua relação com Edu havia acabado.

O que esses putos andam fazendo agora? A última vez que eu vi os caras eles estavam no programa do Hermes & Renato.

Se o Edu não fosse tão debilóide ele teria terminado o excelente livro "Astro e Starlene" e se dado bem.

Mas o garoto tem problemas.

Allan Sieber - 7:40 - [(21) Comentários]

08/03/2003

Hoje tem show do Wander no Ballroom. Por nada perderia de rever o grande Wanderley, nosso Shane McGovan.

Ele irá lançar uma revista junto com o próximo cd e chamou eu, ZK, Fabio, Schiavon e mais hermanos para cada um fazer uma página baseada na letra de uma música.

Pra mim sobrou a clássica "Hippie Punk Rajneesh".

Tá aí.

Allan Sieber - 12:48 - [(10) Comentários]

15/03/2003

Ano passado descolei uma grana bacana fazendo charges, principalmente pros sites do Tony de Marco. Mas charge é uma coisa complicada, tem que ler jornal, estar por dentro das coisas, etc. Luto pelo meu direito de me manter totalmente desinformado. Além do que sempre ficava a impressão de estar sendo picareta em uma área que conta com fodões como Angeli, Nani, Jaguar e Leonardo.

Allan Sieber - 12:48 - [(10) Comentários]

26/03/2003

O CARA

Zâmbala, do Schiavon. Essas tiras saíam na finada Animal e eram realmente doentes. O Schiavon é o mestre.

Eu refiz as letras (a letra do Shiava é feia mess) pros balões numa época que a Folha da Tarde – acho que 2000 – queria tiras novas. Os caras me chamaram e eu coloquei o MZK e o Schiava na fita.

Mas não rolou nada.

Eu queria ser um editor para lançar AS OBRAS COMPLETAS DE SCHIAVON e apresentar em grande estilo os simpáticos Mão de Morsa, Mãos Trocadas, Drogado Matador e a Turma da Vesga. Personagens clássicos.

Os editores de quadrinhos – tirando o abnegado Fabio "Monk" Zimbres – acham o trampo dele muito pornográfico e os editores de pornografia acham as histórias muito malucas.

Maldito limbo onde se encontra nosso amiguinho.

< www.tonto.com.br/tiras/vesga.htm >

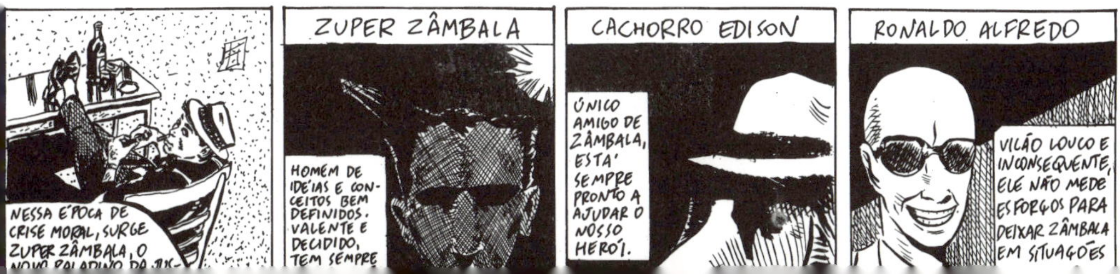

Allan Sieber - 10:00 - [(21) Comentários]

04/04/2003

Em 2000 saía a tira "Fabio" no site Morango do IG. Foi lindo, eu ganhava uma bela grana para fazer quatro tiras por semana sobre um *nerd* que vivia na internet. Batizei-o de Fabio em homenagem ao monástico Fabio Zimbres, claro. No fim de 2000 a chapa esquentou pro lado das empresas *ponto com* e o Morango resolveu limar os quadrinhos. O que faz sentido, afinal quem quer ver quadrinhos em um site de ninfetas seminuas? Foi bom enquanto durou.

Allan Sieber - 12:44 - [(17) Comentários]

06/04/2003

Desenho para a capa do novo disco do Flu. Gim Tônica, garotas de três peitos, um sofazinho e anões besuntados. Bem vindos ao Flu do Mundo.

Allan Sieber - 9:33 - [(9) Comentários]

17/04/2003

Desenhinho fofo.

Allan Sieber - 7:25 - [(16) Comentários]

24/04/2005

Sacanear o Arnaldo Antunes é chutar cachorro morto, mas...

Allan Sieber - 1:10 - [(26) Comentários]

01/05/2003

Vejam como é a vida. Em 99 lancei junto com Fabio Zimbres o infame manifesto DOGMA 1,99 de como fazer desenhos animados sem grana e fui apedrejado sem piedade .

Até de picareta fui chamado. Infâmia das infâmias!

Achei que iriam chover produções baseadas nos rígidos cânones do 1,99, mas porra nenhuma, o pessoal queria mesmo era fazer filmes sobre o Boi Bumbá com verba pública.

Filhos da puta.

Mas eis uma luz no fim do túnel: finalmente uma produção digna de levar o cobiçado selo do Dogma, assinada por nosso amiguinho Matias Maxx e o imbatível Daniel "Juca" Garcia, que fez um desenho animado em seu quarto enfumaçado juntando pouca grana, alguns amigos e o tradicional espírito de porco.

Ah garoto!

Se Deus existe Matias vai ser selecionado para o Anima Mundi e se dar bem com sua animação.

Aleluia irmãos!!

Ah, e ele é tão vagabundo que gravou a voz do personagem principal, um garoto que enraba poodles.

Quanta singeleza.

Allan Sieber - 11:10 - [(18) Comentários]

05/05/2003

MELHOR NÃO

Sempre tive medo de ser preso e me fuder porque não fiz faculdade e não tenho direito a cela especial. Esse é o único motivo pelo qual me submeteria a anos de estudos.

O que pode ser pior que o, digamos assim, ambiente acadêmico? Professores antas, colegas malas, meu Deus.

Colegas esforçados que levantam o braço prontamente para responder às perguntas do professor ou colegas com aquele ar blasé de quem odeia faculdade mas ao mesmo tempo estão sempre por lá, jogando sinuca ou tomando cerveja nas imediações.

A escória do mundo passa pela faculdade.

Bandas como Engenheiros do Hawaí são formadas em faculdades.

Gente que lê o novo Pasquim.

Gente com barba na cara que mora com os pais.

Gente com a idéia fixa de ir a Cuba.

Puta que pariu.

DIA DE VISITA

Allan Sieber - 8:47 - [(20) Comentários]

09/05/2003

Sobre toda essa onda do Cacá "Fiz o Pior Filme do Mundo Chamado Orfeu Com o Ator Mais Zé Ruela do Mundo Chamado Tony Garrido" Diegues, quem mandou muito bem foi o Ota:

E também tem essa do Arnaldo Branco sobre o mesmo assunto.

Acho que tinham que ter leis mais rigorosas controlando não os incentivos fiscais para o cinema, mas os próprios cineastas. Tipo assim:

– Ah, você fez "Tieta do Agreste", é? Então me dá aqui essa mão direita!

CHOP!!

Pronto, uma machadada na mão resolvía.

– Ah, então o espertinho queimou uma grana das estatais fazendo "Jacobina"?

SCHLAPT!!SCHLAPT!! SCHLAPT!!

Uma dúzia de chibatadas no lombo do malandro iria ensiná-lo.

Allan Sieber - 7:13 - [(25) Comentários]

12/05/2003

Cartão de aniversário para Emanuelle, grande figura.

[Vilela] Mó cara de fiadaputa.
[Allan] Não, ele não tem cara de filho da puta. Tá, vai, só um pouquinho.
[Gatinha] Ei, esse maluko já foi meu professor!

Allan Sieber - 7:56 - [(48) Comentários]

19/05/2003

SINCE 72

Desenho para mais uma publicação requintada das Edições Tonto.
Pura amargura.

Allan Sieber - 9:45 - [(23) Comentários]

20/05/2003

Ajoelhai e rezai, oh cambada de infiéis: o mestre Jaca estréia hoje sua primeira individual!

Ainda bem que eu não moro mais em Porto Alegre.

Ver os desenhos do Jaca é desanimador.

[Messias] Outro picareta.
[Allan] Cale a boca, infiel.
[Melissa] Estarei lah!

Allan Sieber - 8:45 - [(57) Comentários]

23/05/2003

Esqueçam tudo o que eu disse anteriormente. Deus existe.

Sim, e nosso magnânimo Criador trouxe ao mundo o MARAVILHOSO PICOLÉ DO BOB ESPONJA!!

Ele é amarelo neon – deve causar no mínimo uns oito tipos de câncer - e dentro tem um recheio amarelo gosmento.

Obrigado, Senhor.

Allan Sieber - 11:07 - [(12) Comentários]

25/05/2003

MALDIÇÃO MODERNA

Hoje em dia parece que todo mundo já nasceu com um celular enfiado no rabo e NÃO existe outra forma de se comunicar.

Há casos bizarros de moleques de 9 anos usando essa merda porque os imbecis dos pais lhe presentearam com a desculpa de que precisam saber onde seu filho está.

Malditos tempos. Pentelhos com suas musiquinhas de tocar celular pipocam nos bares, restaurantes e até nos cinemas.

Sobre esse último lugar absurdo pra deixar ligada uma porra dessas, o Kléber do Cinemascópio – anotem, o melhor site brasileiro sobre cinema – relata um caso acontecido essa semana em Cannes que renova minhas esperanças na desacreditada humanidade:

< http://cf.uol.com.br/cinemascopio >

DOGVILLE – Aos 20 minutos da sessão de "Dogville", na lateral direita da platéia, ouviu-se o toque de um celular. O toque foi seguido pelo ruído de algo espatifando-se na parede do Lumière, maior auditório de Cannes. Pedaços do míssil espalharam-se pelo corredor, um desses detritos aterrissando no colo do que vos escreve. Alguém, que não gosta de celular em cinema, decidiu fazer justiça com as próprias mãos, tomando o aparelho e arremessando-o violentamente. No anonimato da escuridão, as duas partes ficaram anônimas e não houve briga.

Allan Sieber - 10:23 - [(10) Comentários]

HUMILHANDO

Fudeu tudo. MZK voltou a mandar brasa no seu site.

Allan Sieber - 11:45 - [(19) Comentários]

< www.tonto.com.br/tiras/mzk.htm >

03/06/2003

MZK resolve o mistério.

Allan Sieber - 12:13 - [(38) Comentários]

04/06/2003

Na finada página Zona de Risco do moribundo Pasquim 21 havia uma sessão chamada Humor Negro. Por causa disso fomos acusados de racistas por algumas antas que conquistaram o privilégio de aprender a ler.

É incrível, você faz piadas sobre racismo e é considerado um racista escroto.

[Luiza] Racista escroto. Vou denunciar você e essa merda de blog racista que você tem por crime de racismo. Você não perde por esperar, seu nazista de merda
[Peter] Pô, o cara não pode fazer uma piada sacaneando o racismo velado e já chamam ele de racista. Assim não dá. Em tempo, sou negro.
[Zé] Muito de mau gosto.

Allan Sieber - 5:12 - [(112) Comentários]

18/06/2003

[**Pitágoras**] Esses caras torram a paciência de qualquer um mesmo
[**Jesus**] Você deveria Ter mais cuidado com as piadas que você faz. Um dia você pagará por isso.

Allan Sieber - 1:25 - [(113) Comentários]

19/06/2003

Em breve Fabio Zimbres, il capo de tutti capi das Organizações Tonto, vai lançar o GRANDE CATÁLOGO TONTO DE TATUAGENS. Terá desenhos meus, do mestre MZK e do grande Schiavon.

Se é para profanar o corpo, que o faça pra valer.

Seguem algumas sugestões minhas.

Ah, e se alguém tatuar um desses desenhos e me mandar uma foto ganha um mega kit de quadrinhos Tonto autografados pelos autores.

Esse Fabio é um pai para nós.

[**Michel**] Se alguem tatuar uma merda dessas no corpo tem que ganhar de presente é uma camisa de força.

Allan Sieber - 3:35 - [(45) Comentários]

Guilherme Pilla, maior talento a emergir do pasto gaúcho nos últimos anos, deu a dica e eu conferi.

Ouçam aqui vocês também um trecho do espetacular vinil para ensinar religião para retardados.

Eu sou muito legal com vocês mesmo ao repartir tesouros como esse.

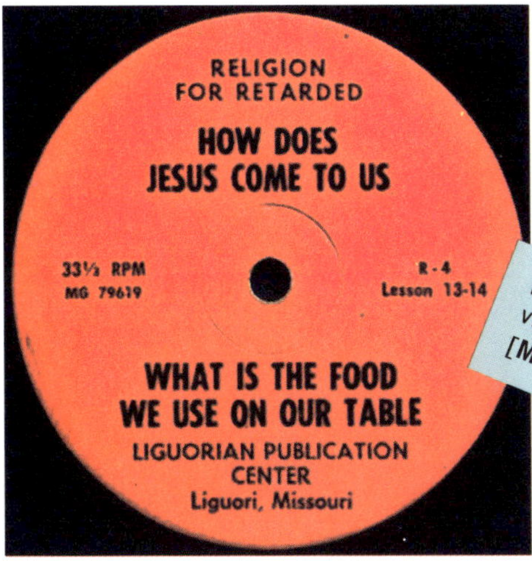

[Valéria] Sua mãe colocava isso na vitrola para você ouvir quando era pequeno?
[Murilo] Vou comprar um.

Allan Sieber - 9:52 - [(85) Comentários]

Vocês viram aquela do americano que entrou em coma e acordou agora depois de vinte anos?

Mas isso não é nada, amiguinhos.

A GRANDE NOTÍCIA DA SEMANA são as novidades no site das Edições Tonto. Se liguem:

TELAS GIGANTES DO JACA PARA COMPRAR

NOVA SÉRIE DE TIRAS DO INIGUALÁVEL TÓSCAR DO MZK

E A BIZARRA NOVA HISTÓRIA EM CAPÍTULOS DO SCHIAVON, A "LIGA DA VESGA" .

Putz, eu queria ser dono das Edições Tonto. Na verdade eu queria ser o Fabio Zimbres. Tirando é claro o problema da calvice, da barriga proeminente e a incontinência urinária.

Allan Sieber - 11:26 - [(76) Comentários]

22/07/2003

Capa do fabuloso # 1 da revista do Mãos Trocadas. Schiavon na sua melhor forma. Breve nas bancas.

[Proibidão] Schiavon é nosso Pastor e pasto não faltará!
[Fernandinha] Não sei quem vai comprar um lixo sexista desses.
[Allan] Acho que sua mãe compra.

Allan Sieber - 5:23 - [(45) Comentários]

30/07/2003

ASSOMBRAÇÃO

Bom Deus, o que é essa Ana Paula Padrão?

A simples visão dela na TV me dá vontade de correr para o banheiro e vomitar. Me lembra aquele gibi do Frank Miller, Elektra Assassina, que o maluco sentia a presença da besta através de um cheiro de maionese podre. Tipo isso.

Tenho impressão que no dia do fim do mundo ela vai falar:

- É, a coisa está preta e parece que não vai melhorar. Vamos agora para a charge do Chico.

Além de tudo ela tem uma cara de retentiva anal de dar dó, parece com aquela personagem da Reese Witherspoon no filme A Eleição.

Bem que os Confeiteiros Sem Fronteiras poderiam fazer o favor de atirar uma torta na cara dela.

Allan Sieber - 11:01 - [(25) Comentários]

12/08/2003

Ah, o Rio.

Não me canso de admirar essa linda cidade onde atualmente resido.

O relaxado e malemolente povo carioca contando suas piadas infames nos botecos sorvendo aquele chopp bem tirado.

O bolinho de bacalhau.

O pastel de camarão.

Garotas fazendo compras de biquini.

É claro que nem tudo é perfeito e sempre é possível você levar de brinde uma azeitona quente na testa ou ter o ônibus incendiado.

Mas é o preço que se paga.

Tem lugares detestáveis como o Baixo Gávea com seus wannabes do meio cinematográfico disputando a gritos e brincos um lugar mais à vista no Braseiro ou aquela loja de material de desenho – na Gávea também, vejam bem! – onde o vendedor imbecil sempre tenta lhe explicar para que servem os tipos de papel vendidos ali, mas em compensação as dezenas de botecos acolhedores fazem toda a diferença.

Acho que a cidade sobrevive aos Garotinhos, Rosinhas e Maias da vida.

Espero sinceramente que sim.

No fundo eu sou um otimista.

Allan Sieber - 8:10 - [(39) Comentários]

15/08/2003

Ontem fomos na casa do Aldir Blanc para gravar a voz dele para o curta que a Tosco está produzindo, "Santa de Casa".

Esse curta é baseado no conto "Santa Milagrosa", do próprio, adaptado por mim e por Leonardo para o cinema.

Aldir é um verdadeiro gentleman, incrível, um cara realmente gente fina.

Assessorados pelo prestativo mordomo de Aldir, Mister Jack Daniels, passamos a tarde ouvindo maravilhosos sambas inéditos e falando merda.

Uma tarde memorável.

Aí em baixo rola uma amostra dos personagens do curta, na maioria desenhados por Leonardo.

Aguardem.

Allan Sieber - 2:37 - [(56) Comentários]

26/08/2003

Se você está com grana na mão, não vejo motivo para não torrar 100 pratas nessa maravilhosa serigrafia do Fabio Zimbres, à venda no site da Tonto.

Allan Sieber - 7:50 - [(60) Comentários]

28/08/2003

Ah, o que seria de mim se não fossem meus prestativos leitores.

Na história que eu fiz para a exposição em homenagem a Piracicaba eu escrevi "a oitava arte" – me referindo aos quadrinhos – quando na verdade o certo é " a nona arte " . Se bem que essa definição de nona arte é bem ridícula de qualquer jeito. De lambuja vai mais um pedaço da bagaça aí.

Valeus.

Allan Sieber - 9:42 - [(110) Comentários]

[Fã] Esse cara louro é o Kipper!!!
[Vicente] Acho que tá mais pra 745° Arte.

01/09/2003

Cartum para uma exposição sobre comida no Atelier das Massas.

Incrível como o Radaelli teve a manha de deixar isso lá pendurado durante meses ao lado de uma mesa.

Cara de fé.

Allan Sieber - 1:29 - [(13) Comentários]

05/09/2003

Acho que os sofisticados leitores desse site devem conhecer, mas para quem não conhece, tó.

As tiras dos Malvados.

Esses dias conheci o cara que faz as tiras. Seu método de tratar os editores me trouxe esperança de um mundo melhor.

Allan Sieber - 9:04 - [(20) Comentários]

UM CLÁSSICO DESDE JÁ

Putz, passei uns dias sem olhar o site do Arnaldo Branco e perdi essa.

Quando um cara como esse não ganha uma puta grana publicando seus cartuns em algum jornal ou revista a gente vê como os editores de arte SÃO UMAS ANTAS cagonas e mereciam ser chicoteados em praça pública.
Estamos todos fudidos.

Allan Sieber - 8:49 - [(6) Comentários]

10/09/2003

Estou em Santos, no II Curta Santos. Chove para caralho.
Que merda.
Esse ano o Pereio é o grande homenageado do festival.
Matias Mad Maxx topou a parada e veio junto para gravarmos material para o Pereio Eu Te Odeio.
Grande aquisição!
Matias capturou as cenas mais cascudas já feitas até então.
Chapa quente.
Esperem e verão: até o final do segundo semestre a parada vai estar nos cinemas ou não me chamo Orlando.
Pereio rules!!!
See ya!!

Allan Sieber - 6:41 - [(50) Comentários]

18/09/2003

Prêmios em Santos.
Essa foto foi de quando Pereio foi chamado para entregar um troféu.
O troféu que ele ganhou mesmo pesa uns cinco quilos e tem meio metro.
Classe.

Allan Sieber - 8:14 - [(28) Comentários]

VAI, POPOZUDA

Esses dias estava ouvindo esse disco de novo.
O Edu é realmente um gênio do mal.

[Merval] Aih, fala sehrio, esse Edu K eh teu namorado!
[Allan] Como é que a boneca adivinhou?
[Pop or Die] Nesse tempo vc desenhava melhor ou bebia menos?

Allan Sieber - 10:55 - [(127) Comentários]

29/09/2003

Tempos atrás ganhei um caderno.
É bom ter um à mão quando não se tem nada para fazer.
Principalmente em viagens.

Allan Sieber - 5:41 - [(66) Comentários]

01/10/2003

Personagens para um longa em animação baseado parcialmente na obra de Carlos Zéfiro.

Agora é rezar para que entre a grana.

Allan Sieber - 3:21 PM - [(69) Comentários]

08/10/2003

Putz, não consegui ver nada do que eu tinha me programado para ver no gigantesco Festival do Rio.

Esse esquema de ter que comprar ingressos com muita antecedência é foda.

Invariavelmente eu chegava e a sessão já estava esgotada, isso uma hora antes de começar a bagaça.

E sim, aquela fila com o simpático povo que eu denominaria de tropical indie, óculos grossos, cabelos cuidadosamente despenteados e usando preto.

Ops...! Eu tambem só uso preto e tenho óculos de aros grossos... Bom, mas foda-se, eu não fico em filas.

Só de banheiro.

Allan Sieber - 2:43 - [(23) Comentários]

10/10/2003

Allan Sieber - 1:53 - [(50) Comentários]

18/10/2003

EU PRECISO

Como diria o MZK, o Padre "Orelhas Trocadas" Marcelo Rossi acaba de estrelar seu primeiro filme.

Parece que ele escreveu o roteiro também.

Tem o Luigi Barricelli no papel do Filho de Deus.

Esse cara só pode ser parente do Zé Ruela mor Rubinho Barrichello. Ele é o quase galã, o quase comedor, sempre o quase.

Tipo o intrépido Rubinho, o quase amigo do Senna.

Invoco o bizarro terço bizantino do próprio Monsenhor Rossi:

Meu Deus, eu preciso ver esse filme.
Meu Deus, eu preciso ver esse filme.
MEU DEUS, eu preciso ver esse filme.
Meu Deus, eu preciso ver esse filme.
Meu Deus, EU PRECISO ver esse filme.
Meu Deus, eu preciso ver esse filme.
Meu Deus, eu preciso ver esse filme.
Meu Deus, EU PRECISO ver esse filme.
Meu Deus, eu preciso ver esse filme.
Meu Deus, eu preciso ver esse filme.
MEU DEUS, eu preciso ver esse filme.
Meu Deus, eu preciso ver esse filme.
Meu Deus, eu preciso ver ESSE FILME.

Allan Sieber - 2:39 - [(54) Comentários]

THESE DAYS

- O "PEREIO EU TE ODEIO" mais uma vez não foi contemplado no Itaú Cultural;

- Um cara ganhou o concurso de desenvolvimentos de longas do Santander Cultural com um plot que consiste basicamente na vida de um desgraçado que ganha uns trocados vestido de cachorro na frente de uma loja. Certamente não foi plágio ou qualquer merda desse naipe em cima do roteiro de ANIMADORES, só uma infeliz coincidência. De qualquer jeito nosso curta deve ficar pronto antes;

- Um mega projeto no qual eu estava envolvido – e que se desse certo os animadores brasileiros construiríam uma estátua em praça pública em minha homenagem – recebeu uma pedra de gelo;

- A editora que lançaria o livro das tiras do "Preto no Branco" não vai tocar o livro por motivos econômicos;

- Uma das minhas irmãs que era adventista voltou a se converter e ainda levou a própria filha para a igreja, além de me mandar e-mails falando da maravilha que é ter a vida guiada por Cristo.

Por outro lado o "SANTA DE CASA" está ficando maravilhoso por conta do perfeccionismo do diretor de animação Fernando Miller e dos cenários cavernosos do Fabio Zimbres. O Aldir fez um samba inacreditável em cima do qual o chapa Flu está fazendo a trilha. Pretendemos lançar o filme uma semana antes do Carnaval.

Esse ano está demorando para passar.

Puta que pariu.

Sempre que as perspectivas ficam sombrias, lembro-me de uma cena daquele grande filme sobre a vida do Jerry Lee Lewis, que no Brasil recebeu o imbecil título de "A Fera do Rock". Quando ele está na merda depois do "escândalo" de ter casado com a própria sobrinha de treze anos, ambos vão parar em um culto do primo (!) dele, o inacreditável pastor picareta Jimmy Swaggart. Quase entram em um transe coletivo, mas Jerry Lee arrasta sua mulher para fora dali.

Grande cena.

Mesmo que caiam todos os cabelos de minha cabeça oca – e acreditem, isso está muito perto de acontecer, descobri que meu avô por parte de mãe era totalmente calvo; putz logo eu que olhava com orgulho para a densa cabeleira branca que meu velho e querido pai ostenta aos 70 anos e com a qual o pai dele também era contemplado – não deixarei de acreditar na nossa pequena grande produtora Toscographics.

Então, reformulando a frase, mesmo que caiam todos os cabelos de meu glorioso saco – esses parecem que ainda vão levar um tempo para me abandonar – não esmorecerei frente às intempéries que afligem nossa casa em Copacabana.

E até o fim do ano reformularei o site da Tosco que está às moscas já faz um bom tempo.

Confiem em mim.
Mas não muito.

Allan Sieber - 3:29 - [(34) Comentários]

10/11/2003

TOSCOGRAPHICS

Bad ass animations since 1999.

Allan Sieber - 6:38 - [(21) Comentários]

21/11/2003

Francês é uma lingua muito classuda mesmo.
Até o "Preto no Branco" fica parecendo uma coisa fina.
"Noir sur Blanc"...
Vejam bem.
Em breve talvez role a edição francesa.
Valeu, Monsieur Poncet!

[Otávio] Não acredito que vão publicar isso na França.
[Marcel] Finalmente descolou uma lingua de viado a altura do teu trabalho de bicha.

Allan Sieber - 2:46 - [(55) Comentários]

26/11/2003

Crasse total.

Paulo César Pereio, mentor e guia espiritual da Tosco, levou o prêmio de melhor ator no 36° Festival de Cinema de Brasilia por sua atuação em Harmada.

Dá-lhe Pereba!!

Allan Sieber - 11:01 - [(13) Comentários]

03/12/2003

SUCK MY HAIRY SALTY BALLS

Olhem só que beleza de resposta que recebi ao perguntar porque o projeto "Pereio Eu Te Odeio" não foi aprovado para captar recursos através do ISS.

----- Original Message -----
> > From: "Xxxx Xxxxxxx Xxxxxxxx"
> > To: xxxxxxxxxx
> > Sent: Tuesday, December 02, 2003 2:14 PM
> > Subject: Projeto – Pereio
> >
> >
> > Prezado Senhor.
> >
> > A CCPC não aprovou o projeto por este estar com o orçamento
incorretamente
> > apresentado, não sendo possível averiguar que outros recursos o pro-
jeto
> > possui e o estágio de produção do documentário.
> >
> > Além disto o projeto apresenta roteiro considerado muito aquem do
que o
> > ator representa para o cinema.
> >
> > Secretaria Executiva
> >
> >

Valeu, tio!

[Priscila] Acho que você deveria se benzer.

Allan Sieber - 6:40 - [(91) Comentários]

05/12/2003

Amanhã, se tudo der certo, estarei embarcando para a adorável Santa Maria da Feira, em Portugal, onde acontece a sétima edição do Festival de Cinema Luso-Brasileiro.

Passarão todos os filmes da Tosco: "Deus é Pai", "Os Idiotas Mesmo", "Onde Andará Petrucio Felker?" e "Jonas".

Tipo uma retrospectiva dentro de um programa chamado Sangue Novo.

Beleza. Estarei de volta pelo dia 20. See ya!

Allan Sieber - 13:18 - [(12) Comentários]

Eh isso aih, amiguinhos, depois de Santa Maria da Feira me encontro agora em Paris, na casa do Philippe, meu amigo francês maluco que traduziu o Preto no Branco.

Nessa semana vamos nos encontrar com umas editoras.

A miseria e as dividas aumentam.

Levemente preocupante.

Mas vejam bem: DEVO, NAO PAGO, NEGO ENQUANTO PUDER.

Esse computador nao tem uns acentos, nao reparem.

Allan Sieber - 10:35 - [(18) Comentários]

23/12/2003

Mal chego aqui e as merdas e a má sorte já me sorriem outra vez.

Um cartão online de final de ano que haviam encomendado para mim foi recusado em uma instância superior obscura sob o pretexto de quererem "uma coisa mais feminina".

Infelizmente não fui mulher o suficiente e me dei mal. Pra variar.

Ei-lo:

Bom, fica para vocês. Usem como quiserem.

Allan Sieber - 14:20 - [(20) Comentários]

Voltei de minha Misery Tour pela Europa.

Fui com 10 reais e voltei com 20 euros. Me dei bem, afinal isso quer dizer um lucro de mais ou menos 60 reais.

Ah, como é bom ser um vencedor.

Depois conto mais detalhes e posto alguns desenhos elucidativos de meu salvador caderno de viagem.

Desde já agradeço do fundo do meu coração ao Américo, Rodrigo e André, grandes amigos portugueses que me ajudaram nos momentos difíceis. André, por sinal, está finalizando seu filme de acordo com os rígidos preceitos do Dogma 1,99. Grande figura.

Agradecimentos também jamais serão suficientes ao meu grande amigo, tradutor e agente Monsieur Philippe Poncet, que suportou minha desagradável presença em sua casa por uma semana em Paris.

Valeu Phillipe e Melissa!! Espero vocês aqui no Rio.

Allan Sieber - 6:28 - [(29) Comentários]

24/12/2003

MAIS UMA VEZ O DEPRIMENTE E JECA NASCIMENTO DE JESUS É COMEMORADO

Mas não por mim.

Uma Absolut e meus amiguinhos calmantes darão conta do recado.

Ainda tem o abjeto fim de ano, com todos fantasiados de paramédicos ou pais-de-santo se abraçando e desejando "um bom ano novo".

Com sorte só despertarei no dia 3 de janeiro.

Se Deus existisse eu poderia contar com isso, mas o velho senhor barbudo e revanchista só se manifestava no Antigo Testamento.

Allan Sieber - 1:56 - [(113) Comentários]

29/12/2003

REMINISCÊNCIAS DO VELHO MUNDO

Em Portugal a retrospectiva dos filmes da Tosco no 7º Festival Luso-Brasileiro de Cinema de Santa Maria da Feira foi bem classe. O mais engraçado foi ver o "Petrucio Felker" naquela parte em que a portuguesa vizinha dele compra a estátua de merda...

Fino.

Os dias transcorreram em relativa tranqüilidade e havia bons filmes para se ver. E o rango e os vinhos, lógico.

Havia festas diárias no cine clube animadas por finos – como eles chamam um chopp por lá – , gin tônica e bolas pretas mágicas. Ou então nos quartos 409 e 405 do Residencial dos Loios – era isso? – onde as camareiras tinham o sinistro hábito de entrar para limpar o quarto enquanto os hóspedes estavam dormindo.

Levemente perturbador. Acho que fui bolinado por duas delas.

Meu roomate, Helvécio Marins, foi rapidamente transferido para outro quarto depois dos primeiros dias.

Parece que ele tem um problema com sujeira e fumaça de cigarro.

Depois de uma semana em Portugal, parti para França num vôo da companhia aérea mais vagabunda do mundo, uma aberração chamada Air Luxor. Pra se ter uma idéia, o carrinho de comidas e bebidas passava VENDENDO as coisas. Vão tomar no cu.

Na França meu grande amigo Monsieur Philippe Poncet me hospedou com toda a pompa e requinte que uma celebridade de meu quilate merece.

Frio inclemente, eu só saía para comprar cigarros – a preços abusivos – e cervejas no supermercado mais próximo.

Definitivamente não tenho o espírito de viajante.

Philippe até que me arrastou para uns rolês em Paris e – puta que pariu – realmente a cidade é muito foda. Aparentemente parece um bom lugar para se viver se você está com grana.

Depois de uma rápida visita em uma delegacia em Paris acompanhados pela nazista polícia francesa, uma entrada no Pompidou onde nos demos bem ao dar de cara com uma exposição do mestre do humor escroto Reiser e ver um filme – talvez o filme mais hippie do mundo, "O Vale" – absurdo de Barbet Schroeder na Cinemateca Francesa, fomos ao trabalho.

Primeiro fomos na Vents D'Ouest, uma editora cuzona que já sabíamos que não daria nada mas fomos mesmo assim por desencargo de consciência.

Vejam o que aconteceu...

< www.lambiek.net/fr/reiser_jean-marc.html >

Essa foi foda.

Depois fomos na L'Association, essa sim uma editora classe – um puta galpão zoado com gibis até o teto e fomos bem tratados. Recebi minha grana relativa às minhas páginas do Comix 2000 e fizemos alguns contatos.

Depois de uma semana voltei para Portugal, onde André e Rodrigo, grandes figuras do Porto, me esperavam em um inferninho na praia de Esmoriz onde rolava o show do absurdo The Legendary Tiger Man, uma espécie de Jon Spencer mais alcoolizado e doente. Memorável.

< www.legendarytigerman.com >

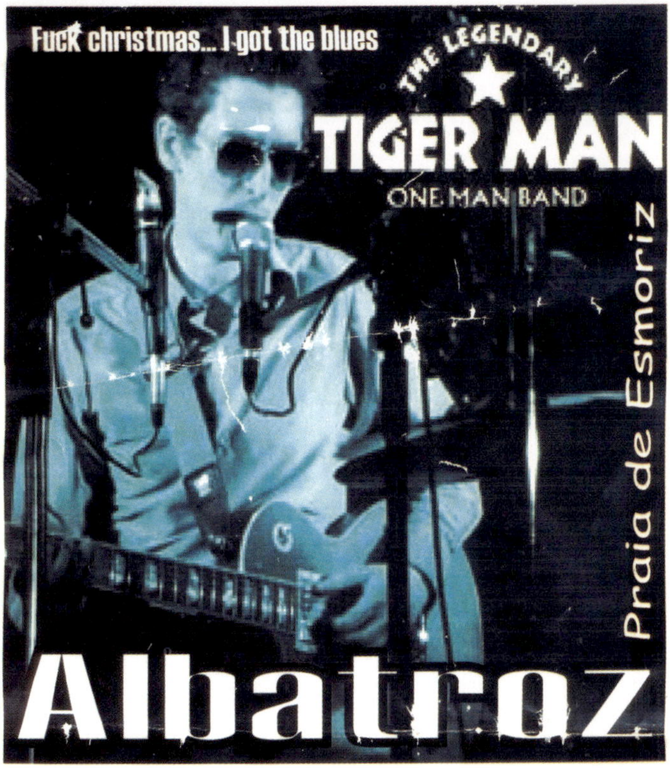

Domingo, 21 de Dezembro de 2003

[Sheila] Pelo menos você comeu alguem na Europa?
[André] Mas aí, no fim das contas você voltou no lucro, tá reclamando do que?
[Zelão] Quando eu crescer quero fazer uns filmes bem ruins e viajar pelo mundo inteiro tambem.

Depois dessa noite me mandei de volta para o Brasil, onde dívidas e cobradores ensandecidos me esperavam no aeroporto.

Ah, o que é a vida sem gente que precisa de nós?

Allan Sieber - 3:20 - [(123) Comentários]

15/01/2004

SÁBIAS PALAVRAS

Engula um rato podre logo ao acordar. Dificilmente alguma coisa pior acontecerá no seu dia.

Preciso começar a seguir os conselhos do mestre Fausto Wolff.

Com urgência.

Allan Sieber - 5:06 - [(16) Comentários]

Matias Mad Maxx vai lançar seu gibi "Tarja Preta".
Demorou.
Fiz a capinha em cima do desenho do Capitão Presença do Schiavon.

[**Juca**] Isso é que é capa!!!
[**Marcello**] Não entendí.

Te fode porco!

Isso é que é capa.

Do Sul vêm notícias de uma nova revista feita por um pessoal responsa (confiem em mim) que quer coisas minhas e do Arnaldo Branco.

Se der certo vai ser lindo.

E por falar em Arnaldo, eu, ele e Leonardo estamos pra lançar uma bagaça em breve.

Já descolamos até um editor.

Para um ano que promete ser uma merda até que está começando bem.

Mas é sempre assim.

Allan Sieber - 2:21 - [(45) Comentários]

19/02/2004

Festa relâmpago que rolou na Tosco por ocasião da partida de Emanuele. Emanuele, por incrível que pareça, na Itália é nome de homem. Os italianos batizam seus filhos com nome de putas, tipo Jenna, Crystal e Emanuele.

Állan Sieber - 4:26 - [(19) Comentários]

24/02/2004

Ilustração fofa para uma revista.

[**Fernando**] Que meigo!

Allan Sieber - 2:46 - [(18) Comentários]

27/02/2004

Acabei de sair do banco.
A sensação de ter sido ludibriado é grande.
Eu precisava ter um dublê nessas horas que fizesse as perguntas certas.

Allan Sieber - 2:06 - [(115) Comentários]

01/03/2004

Desenho para minha amiga Lica tatuar.
Garota corajosa.

Allan Sieber - 11:36 - [(114) Comentários]

17/03/2004

Pois é, pessoal.

As antas malditas da Globo.com suspenderam meu blog porque eu excedi o limite de 10 megas e tal.

Antes de limarem a parada eu tentei entrar em contato com eles para ver se rolava algum esquema para fugir disso, mas os desgraçados não disponibilizam nenhum contato para você falar com eles.

Espero sinceramente que os responsáveis por essa "estratégia" sejam atropelados sistematicamente por caminhões de lixo. Não morram, mas sofram escoriações, fraturas e tenham que tomar sopa de canudinho.

Em breve esse site vai estar funcionando de maneira decente com os arquivos de quadrinhos, cartuns etc.

Antes do brazilian blogger fiasco eu estava falando com o pessoal do UOL e eles estavam interessados em hospedar meu site. Talvez role.

Mas de qualquer jeito meu endereço agora é esse, www.allansieber.com

Já estava mesmo na hora de eu fazer uma porra de um site.

Allan Sieber - 12:12 - [(51) Comentários]

25/03/2004

ACENTOS

Como sou um profissional egresso da classe operaria soh fui colocar minhas patas em um computador depois de velho. Isso até hoje atrasa minha vida.

Nao sei mexer nos programas que todo mundo sabe, tipo editores de homepage e tal.

Aprendih a muito custo a fazer alguma coisa no Photoshop e Corel, mas isso porque precisava ganhar dinheiro com eles.

Bem, essa ladainha é pra dizer que eu sei que os acentos dessa merda ficam todo cagados em alguns browsers – ah, isso eu aprendih o que eh.

Mas descolei uma alma gentil que se dispohs a arrumar tudo.

Deus o abençoe .

Allan Sieber - 8:06 - [(29) Comentários]

26/03/2004

[Johnny] Caralho, vc só reclama, vai trabalhar um pouco pra variar!
[Miller] Eu conheço umas 3 pessoas que matariam vc de graça.
[Suzy Groupie] Coitadinho. Comigo você nunca passaria por isso

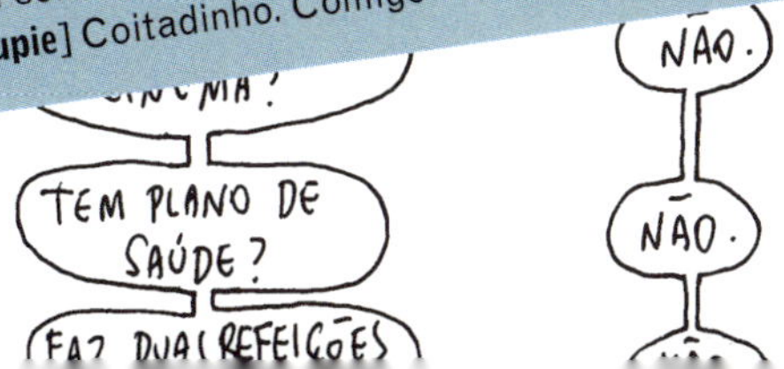

Allan Sieber - 9:40 - [(137) Comentários]

13/04/2004

E-O, E-O, ARNALDO É O TERROR!

Metrossexual: alguém gay demais para ser hetero, e gay demais para ser gay.

Esse Arnaldo é um filho da puta mesmo, está fazendo as melhores piadas do momento.

Allan Sieber - 7:28 - [(30) Comentários]

14/04/2004

É isso aí, o incansável Matias Mad Maxx vai lançar a sua revista Tarja Preta, na próxima quarta, dia 21, lá na Casa da Matriz.

Além do tráfico de mescal, tequila e da agricultura, o rapaz ainda consegue arranjar tempo para fazer sua publicação. Não vi pronta ainda, mas tem quadrinhos meus, do Arnaldo Branco, do Schiavon e mais outros bagaceiros.

Ah, sim, e muitas histórias do seu alter ego Capitão Presença.

Allan Sieber - 9:18 - [(32) Comentários]

16/04/2004

AH, GAROTA!!

Denise "Don't mess with me ya fuckin cunt" Garcia é capa do Segundo Caderno do Globo hoje. O documentário que ela está dirigindo sobre as garotas do funk está ficando realmente cascudo.

Além de ser C.E.O. da Toscographics, agora ela resolveu dirigir suas produções.Bom Deus, a chapa vai esquentar e o milho vai pipocar.

Allan Sieber - 13:24 - [(56) Comentários]

19/04/2004

AVE PEREIO

Parece muito bom para ser verdade mas É: Paulo César Pereio, mentor espiritual da Tosco – vai ter seu próprio talkshow!

A bagaça se chama "Sem Frescura" e irá ao ar pelo Canal Brasil a partir de maio.

A abertura já está quase pronta e está ficando fina.

Abaixo segue um momento no qual Pereio recebe uma convidada muito especial para o churrasco.

Allan Sieber - 9:38 - [(11) Comentário]

26/04/2004

Olhem só que cara corajoso.

Tatuou o Billy The Billy no braço.

Aí, gatinhas, se inspirem no amigo aí de baixo, tatuem seus belos traseiros com desenhos toscos e mandem a foto.

Como diria Mr Catra: Fé em Deus!

[Allan] É isso aí, gatinhas, só faltam vcs.
[Arrombador] Puta que pariu. Esse vai se arrepender quando se curar do porre.

Allan Sieber - 15:04 - [(39) Comentários]

05/05/2004

ESPEREM E VERÃO

Como já falei anteriormente, eu, Leo e Arnaldo estamos fazendo uma revista.

Terá só quadrinhos e cartuns e se chamará "TAXI".

Tem alguma revista assim na banca? Acho que não.

Será barata e o papel provavelmente será bem vagabundo, mas vamos ver o que acontece.

Arnaldo teve a grande idéia de fazer entrevistas em quadrinhos.

Vejam a primeira:

Eu invejo profundamente o Arnaldo.

A idéia da "TAXI" talvez seja um pouco ousada: fazer uma revista de humor ENGRAÇADA.

Faz tempo que não vejo isso.

Allan Sieber - 10:53 - [(61) Comentários]

19/05/2004

Um dos cards que fiz para a série de figurinhas que a revista Mosh está lançando. Trata-se do gênio do mal Edu K.

Allan Sieber - 6:25 - [(39) Comentários]

26/05/2004

OS BONS TEMPOS VOLTARAM

[Zeh] Mó gostosa a sua irmã!

É isso mesmo: fo-to-no-ve-las!

Isso é umas das bagaças que terá a revista que eu, Leo e Arnaldo estamos fazendo. A revista se chamaria "Taxi", mas nosso editor, Lobo, fez uma rápida pesquisa e constatou que não pode registrar uma publicação com esse nome.

Pena.

Mas estamos pensando em alguns novos nomes tão mongos quanto.

Allan Sieber - 8:12 - [(45) Comentários]

02/06/2004

Desenho para cartaz de uma mostra de filmes brasileiros de animação que ocorrerá esse ano em Annecy, na França.

< Festival Annecy: www.annecy.org >

Allan Sieber - 11:08 - [(16) Comentários]

04/06/2004

Eis a entrevista em quadrinhos que saiu no Diário da Manhã, de Goiânia.
O editor me mandou as perguntas e eu respondi como quis.
Desmembrei (?) ela verticalmente para facilitar a leitura.
Deus, como sou magnânimo!
Respirem fundo e vamos lá!

VOCÊ ESCREVE BASTANTE SOBRE AS SITUAÇÕES ABSURDAS DO COTIDIANO. ESSAS COISAS ACONTECEM MUITO COM VOCÊ?
NÃO. É PURO EXAGERO.
QUANDO VOCÊ RESOLVEU JUNTAR SUAS TIRAS NUM **LIVRO DE LUXO**? VAIDADE?
VAIDADE??! POR ACASO EU DEVERIA LANÇAR UM LIVRO EM PAPEL HIGIÊNICO??!
POF!
ÃH... ER... OSÉIAS, O ESTAGIÁRIO, É UM DE SEUS PERSONAGENS MAIS FAMOSOS. VOCÊ JÁ FOI ESTAGIÁRIO ALGUM DIA?
NÃO. MAS JÁ FUI OFFICE BOY E AUXILIAR DE ELETRICISTA. PROFISSÕES, DIGA-SE DE PASSAGEM, MUITO MAIS **DIGNAS** QUE O EXERCÍCIO DO JORNALISMO.
...
JÁ TEVE ALGUM EMPREGO QUE ODIOU MUITO?
BEM, DE CERTA FEITA TRABALHEI EM UMA EDITORA LUTERANA ONDE ERA PROIBIDO FUMAR. FOI UMA ÉPOCA DIFÍCIL.
POBRREZINHA.
MUITAS DE SUAS TIRAS SÃO MESMO AUTOBIOGRÁFICAS? COMO É O SEU DIA-A-DIA?
PODE APOSTAR SUAS CALCINHAS COMO SÃO. MEU DIA-A-DIA É QUASE MONÁSTICO: UM POUCO DE PORNOGRAFIA PELA MANHÃ, TRABALHO DURO À TARDE E COMA ALCOÓLICO DE NOITE.
VOCÊ É DONO DE UM HUMOR INTELIGENTE E

VOCÊ É DONO DE UM HUMOR INTELIGENTE E CORROSIVO. QUAIS SÃO SUAS INFLUÊNCIAS?
SEMPRE GOSTEI DO MILLÔR, JAGUAR, VERÍSSIMO, WOODY ALLEN E DOS ANTIGOS SATURDAY NIGHT LIVES.
OBRIGADO, BRIGITTE.
E NA ÁREA DOS QUADRINHOS, QUEM LHE INFLUENCIOU? QUANDO VOCÊ COMEÇOU A DESENHAR?
GOSTAVA MUITO DE UM DESENHISTA DA DISNEY, O CARL BARKS. E, É CLARO, ANGELI E CRUMB.
DESENHO DESDE PEQUENO. MEU PAI ERA DESENHISTA.
VOCÊ PREFERE ANIMAÇÃO OU QUADRINHOS?
EIS UMA PERGUNTA IDIOTA, MAS VAMOS LÁ... PREFIRO O QUE PAGAR MELHOR.
ESSE CARA JÁ ESTÁ ME DANDO NOS NERVOS...
DIZEM POR AÍ QUE FICOU RICO E AGORA É UM DOS "CARINHAS MAIS DESCOLADOS DO RIO". É VERDADE? QUE VOCÊ INCORPOROU TUDO O QUE ODEIA NOS RICOS?
RÁ! PEDIU, LEVOU!
COMO É QUE É???!
TEMPO ESGOTADO, MANÉ!!
PAF
BIF!
CALMA, SENHORR SIEBERR... UM POUCA DE CAVIARR FRRESCA LHE ACALMARRÁ!
SOC!!
POF!!

Allan Sieber - 12:20 - [(66) Comentários]

09/06/2004

Capa para o novo disco da Brasov, banda do meu amigo Luke Boy.

O CD terá seis capas diferentes. Provavelmente a minha será a mais vagabunda. Mas é honesta.

Lucas, para quem não sabe, também foi o responsável pela clássica trilha sonora do Jonas, último curta da Tosco.

Allan Sieber - 8:58 - [(31) Comentários]

15/06/2004

Arnaldo resolveu a questão de uma vez por todas.

Allan Sieber - 12:25 - [(22) Comentários]

22/06/2004

Ilustração para garantir o gin das crianças.

Allan Sieber - 7:14 - [(27) Comentários]

12/07/2004

COMOVENTE

Passei hoje pela Lagoa e pude ver as diversas faixas brancas nos prédios com um BASTA escrito em letras garrafais.

Me sensibilizou o esforço da classe média alta carioca para colocar em evidência o terrível problema da violência urbana.

Imaginem só amiguinhos, o trabalho que essa nobre gente teve para encomendar as gigantescas faixas – certamente suburbanos gananciosos devem estar se dando bem explorando os coitados – e arriscar a vida de suas empregadas para pendurá-las se equilibrando no parapeito da janela?

Isso sem falar na descaracterização dos belos prédios.

Mas é o preço que se paga pela conscientização.

Ah, agora a coisa vai.

Allan Sieber - 8:28 - [(21) Comentários]

21/07/2004

MOMENTO DE FÉ

Amanhã não vou acordar.
Amanhã não vou acordar.
Amanhã não vou acordar.
Amanhã não vou acordar.
Amanhã não vou acordar.
Amanhã não vou acordar.
Amanhã não vou acordar.
Amanhã não vou acordar.

Amanhã não vou acordar.
Amanhã não vou acordar.
Amanhã não vou acordar.
Amanhã não vou acordar.
Amanhã não vou acordar.
Amanhã não vou acordar.
Amanhã não vou acordar.
Amanhã não vou acordar.

Talvez o Terço Bizantino funcione.
Amanhã saberei.

Allan Sieber - 11:38 - [(9) Comentários]

22/07/2004

Não, o Terço Bizantino não funciona.

Se estivesse num estado de espírito melhor escreveria uma carta para o SAC da Rede Vida reclamando do farsante Padre Marcelo Rossi.

Anyway, hoje tem mais um "Preto no Branco" lá no site da Tonto – www.tonto.com.br .

Adivinhem sobre o quê ?

Acertaram.

Allan Sieber - 9:13 - [(6) Comentários]

09/08/2004

DAYDREAMING

Tenho dificuldade em me concentrar. Converso com as pessoas mas não ouço o que elas dizem. Leio um livro e ao chegar na metade preciso voltar para o começo porque esqueci quem é quem na história. Milhões de pensamentos (a maioria de uma inutilidade de dar dó) ficam se sobrepondo vertiginosamente na minha cabeça o tempo inteiro.

Talvez eu tenha mesmo um problema mental.

Mas o fato é que desde ontem lembro de três coisas que não sei se vi ou imaginei:

– Um adesivo de "Perca peso agora, pergunte-me como" em um carro funerário;

– Um comercial de laxante onde uma mulher repetia várias vezes um bizarro slogan, "com produto tal é impressionante, parece que você tira com a mão";

– Um anúncio de um cemitério que afirmava ser o único com qualidade de vida.

Será que tudo isso existe mesmo?

Eu acho que sim.

[zeh] soh pq mudou pra UOL botou pra funcionar todos os links, vc deu a bunda pra eles também? q coisa triste...
[Allan] Como assim , dei a bunda pra eles "tambem"? Eu sou seletivo e não fico dando minha bunda para qualquer um.

[munha] tenho a impressao de ter visto uma camiseta com uma estampa de propaganda do guaraná jesus. era assim: um negão careca dando um soco na cara de jesus cristo enquanto um pivete atrás dizia 'toma, jesus!' ....
[Lia] Bicho, esse do carro funerário e do cemitério parecem aqueles outdoors da Sinaf, você já estava no Rio nessa época? É um serviço de assistência funerária com umas fotos duns velhinhos e umas frases toscas tipo "Como planejar a morte da sua sogra" ou "Cremação – mais uma novidade quentinha pra você". Humor negro total. Foda.

Allan Sieber - 11:09 - [(68) Comentários]

16/08/2004

Puta que pariu, começou mais uma Olimpíada, o evento mais chato de todos os tempos, só perdendo – talvez – para concursos de cães de raça ou o Criança Esperança.

Quem não tem TV a cabo se dá muito mal nesses dias, sendo obrigado a ver gente suada representando suas pátrias dos jeitos mais bizarros possíveis.

Dureza.

Além do deprimente desfile das mulheres mais horríveis da face da Terra (tirando uma ou duas jogadoras de vôlei ou umas gatinhas do nado sincronizado) nos empurram goela abaixo competições tipo pólo aquático, judô, vôlei e sabe lá Deus o que mais.

O dia em que incluírem modalidades como caça, surf em ondas de 40 pés infestadas de tubarões ou pôquer talvez eu ache graça nessa merda toda.

Mas por enquanto está difícil.

AINDA BEM QUE É SÓ DE 4 EM 4 ANOS

bunda, imagina no vestiário o que não rola...

[Balão] se na quadra é mãozinha na bunda, imagina no vestiário o que não rola...
[mE] cara vc desenha bem, coisa e tal...mas bixo, vc deve ser um atleta fustrado, pq nao gostar de olimpiada é...nao sei nem explicar maninho...po...ter a chance de ver esportes q vc nao tem o costume de ver, a emocao de torcer, pra o seu pais, isso e patriotismo tb grande, e mulher bonita nao tem? assiste a natacao cara...fui
[ana] ALLAN- curto teu trabalho, mas na boa, vc podia ter passado sem essa...muito inutil da tua parte fazer um comentario desses sobre as olimpiadas...VIVA AS OLIMPIADAS!!!... morra otario!!!
[Rose] VC é a pessoa mais idiota que já vi,sem emoção e sensibilidade para saber o que é ser um atleta,vc deve ser uma pessoa sem capacidade de realizar algo de destreza e habilidade como o esporte exige.Fique ai com seu comentário ridículo ou morra!

[Anselmo] Vai ser do contra assim lá na PQP!!! Já vi gente não gostar de esportes, mas achar as Olimpíadas tão chato quanto o Criança Esperança já é demais! De qualquer forma vc conseguiu, Allan. Tem um monte de gente indignada postanto váááários comentários pra vc. Seu ego tá melhor agora, seu babaca?
[Haze] É isso mesmo, tudo uma merda! uma farsa,confraternizaçao o caralho! estao todos disputando no tapa e na porrada.. e ganha quem está mais dopado.
[guilherme] Allan, estou me tornando repetitivo, mas melhor do que assistir ao Azeite da Riqueza (TV Record, + ou – às 19:00), é ler os comentários desse bando de mané, que ainda querem te culpar pelo brasil ser a merda que é. Muito revelador tudo isso.
[Allan] Incrivel, o pessoal gosta de vôlei mesmo! Me chamaram de gordo, sedentário, bicha,babaca,idiota e não faltaram os que desejaram que eu comesse capim pela raiz. Q classe. Será que é isso o q chamam de "feedback"? Tá mais parecendo shitback. Só me comoví com o comentário de uma garota que falou q eu deveria estar torcendo pelo Leandrinho (?). Deve ser a irmã ou a namorada dele. Desculpa aí, gatinha, vou pensar mais no leandrinho.

Allan Sieber - 12:37 - [(163) Comentários]

25/08/2004

DEMOROU

Finalmente chegou ao fim o terrível "Sex and the City", seriado incensado pela mídia e tido como revolucionário por mostrar mulheres falando sobre sexo oral no café da manhã e outras ousadias.

Na verdade era um puta de um retrocesso, isso sim. Mostrava o cotidiano de 4 mulheres independentes, com mais de 30 anos, bem-sucedidas e moradoras do lugar mais caro do mundo, a minúscula ilha de Manhattan. Mas ao invés de vermos mulheres fodonas tocando o horror e aproveitando a vida, o que rolava era choramingos non stop de mulheres chatas querendo casar com qualquer um a qualquer custo.

Cansativo.

Elas deveriam ser apresentadas para a Mary Tyler Moore, que nos anos 70 era muito mais desencanada e liberal do que o quarteto sofredor.

Parece que no fim as quatro acabaram casadas e com 5 filhos cada uma, deixando bem clara a mensagem do programa: não adianta ser rica, independente e bonita, tem que ser casada, com 17 filhos e apanhar do marido.

Muito bem.

ALLAN SIEBER

Allan Sieber - 20:17 - [(66) Comentários]

07/09/2004

TEM DADO EM CASA?

Putz, esse sujeito chamado Dado Dolabella está precisando de uns amigos urgente.

Depois de lançar o disco com o nome mais inacreditável do ano – "Dado pra Você" – e ser zoado por meio mundo por conta disso, eis que agora o cara está estampado em posters gigantes em bancas de jornal trajando um vestidinho e maquiado como uma Spice Girl. Parece que é para promover uma revista com os atores mais sexys do Brasil, uma merda assim.

Se essa pessoa tivesse pelo menos um amigo de verdade, alguém chegaria para ele e daria um toque tipo "aí Dado, acho que você está vacilando, depois não adianta ficar puto com o pessoal lhe chamando de bicha".

Sei lá, se o cara fosse meu amigo eu falaria algo assim.

[Cristiano]

[Cristiano] Quem é Dado Dolabella?
[Pavel] Chega. Allan vc tem q casar comigo, aí vc para de reclamar da vida.
[claudia] Sei lá Alan, mas eu acho que se vc mede a masculinidade do cara por que ele se maqueia, ou sai em uma capa de revista de vestido, sei lá, acho que vc é quem está vacilando, fala a verdade, vc queria é estar no lugar dele? ou seria em cima dele? hehehe

[vivian] E DAI O CAMBADA DE BABACAS,PRINCIPALMENTE ESSETAL DE ALLEN,VÇS NAO PASSAM DE UNS OTARIOS INVEJOSOS,ME DIGAM O VÇS SABEM FAZER DE BOM,ALEM DE FICAR FALANDO MAL DOS OUTROS ,E DETALHE, ENQUANTO VÇS METEM O PAU ELESTÃO GANHANDO A MAIOR GRANA.SEUS IDIOTAS VÃO CAÇAR O Q FAZER SEUS DOR DE CCUUUUUTUVELO,N GOSTA DOS CARAS NAO ESCUTA NAO ASSISTE SEUS MANÉ.......
[Zé Luiz] Esse Dado é um metrossexual: dá a bunda para negões no metrô.

Allan Sieber - 12:48 - [(86) Comentários]

13/09/2004

BORN UNDER A FUCKING BAD SIGN

Cheguei em casa ontem as 20:00 e encontrei a porta do meu apartamento gentilmente arrombada. Que beleza.

Meu quarto revirado à procura de alguma coisa de valor.

Se deu mal, mano: a única coisa de valor que tem naquele muquifo é meia dúzia de cds do Chet.

Aparentemente o meliante não curtia muito jazz e saiu de minha casa apenas com 50 contos que eu havia escondido de mim mesmo para pagar uma conta hoje.

Mas que merda, agora eu vou Ter que trocar a porra da fechadura e isso significa uma grana substancial. Talvez meu landlord se comova e não fique muito puto comigo por eu não Ter depositado hoje – como havia prometido – a grana do aluguel de julho.

Um amigo meu me conta que o Bairro Peixoto – mi barrio – agora é cenário de uma novela. Veja bem.

Hoje vou começar a ler a autobiografia do Dee Dee Ramone para ver se me sinto um pouco melhor. Difícil.

Como diria o pai do George Constanza: Serenity now...serenity now...

Allan Sieber - 12:57 - [(38) Comentários]

22/09/2004

BRIEFING

– ... e achamos que seria uma boa usar uns desenhos seus como cenário para o programa.

– Que desenhos?

– Ah, tipo uma Santa Ceia.

– Uma Santa Ceia desenhada por mim para servir de cenário para um programa de culinária?

– Isso. Acho que vai ficar legal.

–Tá. Quanto?

****

– Sendo assim, vou fazer a minha Santa Ceia.

–Tá limpo.

[Seu Juca] Caralho! Afinal Por que todo mundo fala pro Sieber fazer "algo construtivo" com o talento dele? Porra! Cartunistas nao tem que fazer nada de util! A funçao deles é fazer uns rabiscos toscos pra gente rir... Vai usar talento de desenhista pra que? Fazer a planta do Templo? Os crentes tao precisando é de uma coça de buceta pra deixar Jesus pra lá!
[jorge] Po cara, tu tá fudido. Lembre-se do Raul, Cazuza, Renato Russo, John Lennon. Todos eles como voce, zombaram de Deus. tão todos no inferno, que é pra onde tu vai,meu.
[seu filho da puta] vac fude
[Trabuco] E antes que eu me esqueça, Alan, vc naum desenha nada.
[Allan] "Naum" me diga.

Allan Sieber - 14:25 - [(95) Comentários]

23/09/2004

ACHADO NÃO É ROUBADO

Essa foi de um cara que deixou um comentário aqui.
Achei engraçado.

[Kamyla Martins] Vocês realmente não tem nada para fazer, a não ser servir o diabo... Como podem ofender há um Deus que te dá a vida e tudo que possui...Jesus Cristo é muito paciente....
[Ariel] Maior desrespeito a religião Cristã. Nada haver. Não foi isso que Jesus disse, acho que você deveria pensar bem antes de postar qualquer ofensa desse tipo, não somente a religião Cristã, mas a qualquer uma. Criticar a religião alheia é mexer no coração do fiel a aquela religião, é o mesmo que ofender a mãe de alguém. Então, mais respeito meu caro. Thanks :)
[Renato] Ilustração ridícula ! O cara que fez isso deve ser um idiota!!!
[Augusto Jr] Já que você parece conhecer a Bíblia tão bem já deve ter ouvido falar do lago de fogo e enxofre, pois é, é para lá que você e o seu pai (o diabo)estão caminhando. Se é bobo cara!

[Juliano] Aproveitem pra rir bastante deste tipo de piada, porque no inferno voces vão chorar muito.
[Arnaldo] Cara, não sabia que o efeito colateral do Cristianismo era o analfabetismo. Como é que vocês lêem a porra de um livro de cinco mil páginas e não aprendem a escrever direito?
[Allan] Amiguinhos, vcs tem q se decidir: afinal Deus me ama ou vai me jogar em um lago de enxofre? É confuso. Mas fiquei tocado com a garota que me chamou de "trapo de imundicia " (sic). Valeu.

Allan Sieber - 12:37 - [(299) Comentários]

07/10/2004

SANGUE BÃO

Rafael Sica publica seus quadrinhos no Folhateen da Folha de S. Paulo e num jornal de Pelotas (onde ele morava até pouco tempo).

Ele está desenhando pra caralho e agora tem um site.

Incrível,por mais que tentem exterminar os quadrinhos no Brasil sempre aparece alguém novo na área.

< http://rafaelsica.zip.net >

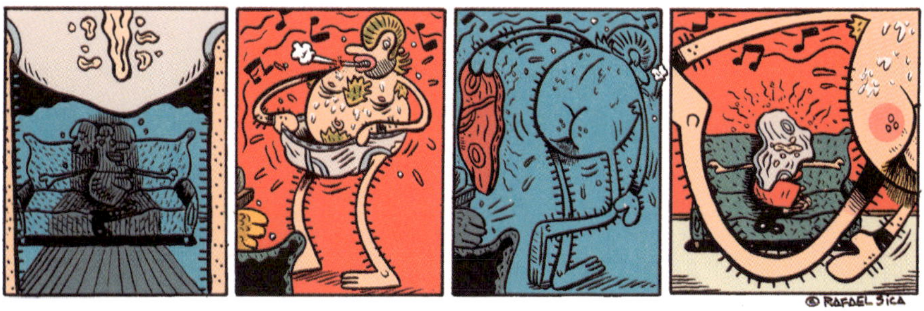

Allan Sieber - 16:20 - [(35) Comentários]

DUELO

Amanhã, quarta, 19h30, estarei no Itaú Cultural (Av. Paulista, 149) pelo projeto Jogo de Idéias. Nessa edição, eu e o grande Lourenço Mutarelli responderemos intrigantes questões do quadrinho nacional, tais como:

– Haverá futuro?

– Se houver, seremos felizes?

– Com quantos quadrinistas se compra uma bicicleta?

Já estou tenso.

Depois o lance é ir para a Funhouse (Rua Bela Cintra, 567) conferir a discotecagem de MZK, a.k.a. DJ Tóscar.

Só alegria.

[Fabio] Cartunista é tudo filho da puta!
[Lobao] Deixa de ser miserável e atualiza o preto no branco....
[Sr_Cavalo] Allan ,avisa o horário que vai passar o bagulho preu gravar, foi classe a parada.o canal 48 é que passa sem parar os arquivos secretos da KGB

Allan Sieber - 13:59 - [(18) Comentários]

14/10/2004

DI GRÁTIS

É isso mesmo, show do Flu aqui no Rio por ocasião do lançamento do novo número da fabulosa Tarja Preta.

Não vai?

Não acredito.

Allan Sieber - 23:02 - [(19) Comentários]

10/11/2004

FOI BOM ENQUANTO DUROU

Como tudo que é bom acaba rápido (às vezes o que é ruim também, mas só para os sortudos ou os suicidas), a PRETO NO BRANCO SPRING TOUR chegou ao fim.

A primeira parada, no 11° Vitória Cine Video, foi bem classe. Faz tempo que tenho ido para esse festival e sempre é divertido. Vejam bem, isso num festival de cinema é muito raro.

Claro que perdi o avião para lá porque fui no aeroporto errado – agora a porra do Santos Dumont faz só a ponte aérea – e cheguei horas mais tarde.

O coquetel de lançamento foi bacana e havia um garçom que se encarregava de encher meu copo de três em três minutos. Venderam alguns livros, o suficiente para não Ter sido um evento completamente embaraçoso.

Lá encontrei também a lenda, o mito, enfim, o "homem" Otto Guerra, figura que eu não via fazia um bom tempo. Ele garantiu que o longa do Wood & Stock está na finaleira só dependendo da autorização para usar algumas músicas.

Maravilha.

Em Porto Alegre, uma chuva escabrosa me esperava, e o evento no Santander estava bem freqüentado. Apesar de só dois caras fazerem perguntas – sendo um deles meu amigo – a coisa até que fluiu. O infatigável Fabio Zimbres fez uma boa mediação (na sua estréia no ramo) e deu para dar umas boas risadas.

No sábado, a tarde de autógrafos teve um surpreendente comparecimento em massa de minha família – e é claro que eles não compraram nenhum livro, os miseráveis – e alguns amigos e desavisados. Pensei que a produção forneceria uns drinks, mas me dei mal.

Andando por Porto Alegre vi que algumas coisas mudaram e a cidade pareceu simpática.

Ah, pois é, um idiota chamado Fogaça – compositor de Quinta categoria – ganhou as eleições para a Prefeitura. Esse sujeito é foda. Talvez eu devesse Ter votado pela primeira vez na vida.

Nah, pensando bem acho que não.

Conversando com o hooligan Hugo, do Museu do Trabalho, agendamos uma exposição lá para o dia 13 de setembro, abrindo as "festividades" da infame Semana Farroupilha. A exposição se chamará "Essa terra é minha terra!" e será composta de cartuns só sobre gaúchos.

Torresmo e cachaça servida na guampa já estão certos para a abertura.

Grande Hugo.

Homenagens jamais serão suficientes para a minha amiga Bebê Baungartem, que cuidou da divulgação dos eventos. Valeu, Bebê.

[zeh] foda-se sua patética vida, poste uns quadrinhos pra gente!!!
[andre dahmer] Allan, meu filho. Ligue para o nanico e o voz fina e vamos nos encontrar hoje, cara.
[Allan] Aí, André, estou indo para a Maison Pamplona-Branco agora a tarde, onde sentados á beira da piscina, servidos pelo anão garçon, sorveremos gin tônicas e discutiremos os rumos da políca mundial. Espero vc lá.
[Felipe Maricato Moura] po o allan fica 20 anos fora de poa depois vem dois dias e fica peidando politica pela boca que merda heim

Allan Sieber - 20:11 - [(36) Comentários]

18/11/2004

NO COURO

Desenho para uma tatuagem encomendado pelo ERMÃO Cardoso.

Allan Sieber - 12:53 - [(26) Comentários]

30/11/2004

Desenhos para a Sexy do mês passado (sim, sim, aquela mesmo com a ex-paquita virgem, bom Deus, essa garota está andando em péssima companhia).

Ultimamente tenho feito mais ilustrações, mas mesmo assim às vezes passo uns dois meses sem nenhum trampo nessa área.

Teorizo que os diretores de arte – pessoas sensíveis quase sempre – têm medo de me pedir desenhos achando que vou fazer caralhos voadores ou bucetas flamejantes.

Porra, pessoal, sou um profissional.

Mas bucetas flamejantes eu cobro mais barato mesmo.

Allan Sieber - 7:57 - [(18) Comentários]

02/12/2004

Ontem foi aniversário da Denise, CEO da nossa amada e adorada Tosco.

Allan Sieber - 14:33 - [(19) Comentários]

07/12/2004

EU PODERIA ESTAR ROUBANDO

Estou tão na merda, mas tão na merda, que o João Moreira Salles está pensando em fazer um documentário sobre minha vida. O Coutinho também estava interessado, mas sou pobre demais até para ele. E esses dias estava comendo uma coxinha e vi que tinha um tiozinho tirando fotos de mim. Olhei pra trás e era o Sebastião Salgado.

Como eu falei, estou na merda mess.

Allan Sieber - 20:19 - [(31) Comentários]

17/12/2004

NA TÁBUA NO RIO

"Na Tábua" é um projeto maluco do Paulo Scott e do Fabio Zimbres que consiste em cartazes tamanho A3 com um texto dividindo espaço com uma ilustração – geralmente do próprio Fabio mas agora com alguns convidados inclusive eu – espalhados por botecos de Porto Alegre e São Paulo.

E agora no Rio.

Allan Sieber - 12:21 - [(5) Comentários]

03/01/2005

E NÃO SE FALA MAIS NISSO

Finalmente acabou.

2004, o pesadelo predeiro que parecia não terminar nunca chegou ao fim.

Porém, aos 46 do segundo tempo algumas notícias trouxeram um pouco de esperança para 2005: nossa querida, surrada e inabalável Tosco levou uma das vagas do concurso para desenvolvimento de longas metragens em animação do Minc (o projeto "A Marca do Zéfiro"), o livro do Vida de Estagiário parece que vai sair e fui convidado para "cobrir" o Fashion Rio agora em janeiro (sobre isso falo mais tarde).

Eu já estava esperando alguma grande tragédia para coroar esse ano escabroso, como uma invasão de piranhas voadoras, uma ataque de urso em Copacabana ou a queda de um meteorito incandescente bem no meio da minha cabeça, mas surpreendentemente nada disso aconteceu.

Talvez o Bom Deus tenha resolvido me dar uma folga ou simplesmente resolveu atormentar uma pessoa mais interessante. O Bom Velhinho Punitivo do Velho Testamento me aprontou tantas esse ano – sim, no fundo eu sou um cristão e acredito piamente no poder da espada do Rei dos Reis – que deve estar tirando uns dias de descanso.

Obrigado a todos que rezaram por mim.

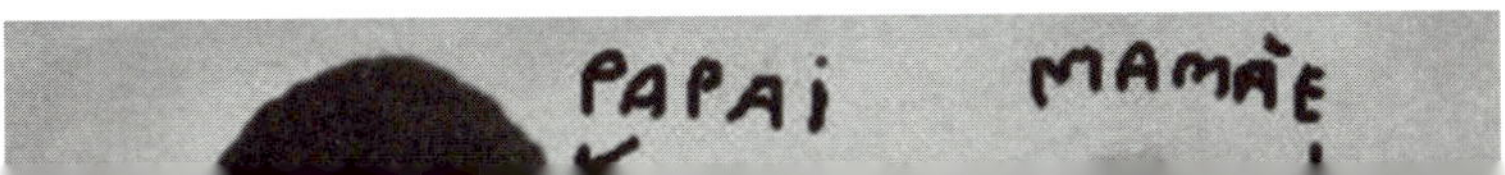

[Thiago] Discordo, o ano de 2004 foi ótimo, se não foi para você foi por sua incompetência. Feliz 2005!
[CAMELLO] 2004 não foi muito diferente do resto. Acho que o mais fóda foi o lance do Tsunami que arrasou o Sri-Lanka. 165.000 mortos nas áreas atingidas. Tenho certeza que o ano foi mais difícil para eles do que pra vc que está com sua bunda sentada confortavelmente agora na frente do seu computador.
[Allan] Garanto q na hora do tsunami tambem tinha um srilankês (?)sentado com a bunda em frente ao computador.
[Batonga] Que saudades de Pinhal!!! Realmente, a praia era tosca, com ventos enfurecidos e cachorros passeando a beira mar no final do dia... mas quem viveu por la sabe que doideira que foi!!! Quer dizer que deletaram os comuros... que merda!!! Alguem se lembra do bar PIRATA... marcou epoca com shows ao vivo!!!

Esse ano – ou ano passado, foda-se – resolvi tirar uma espécie de férias e passei o Natal e Ano Novo com minha familia aqui no Sul, mais precisamente em Porto Alegre, minha cidade natal. Na verdade o Natal eu passei com eles em Pinhal – a praia mais próxima de Porto Alegre, a 100 km da capital – na casa que meu pai construiu com as próprias mãos há trinta anos atrás.

Que decepção. Os cômoros, montanhas gigantescas de areia que se estendiam por quilômetros, foram quase que totalmente dizimados pela sanha especulativa dos empreiteiros do triste balneário gaúcho. Guardo doces lembranças de me perder por lá a noite com dezessete e poucos anos munido de algumas substâncias químicas e garotos e garotas sedentos por diversão barata. Aquilo parecia a lua. Bem, é o que eu me lembro...

Já Porto Alegre não mudou muito, exceto pelas obras viárias gigantescas que fizeram em várias partes da cidade. Ah, pintaram a Prefeitura com um tom merda pastel bastante horripilante e a concentração de bares na Cidade de Baixa é impressionante.

Reencontrei amigos debilóides e insanos de verdade – já falaram que os malucos do Sul são mais malucos do que os malucos de outras cidades e isso não deixa de ser verdade – e me diverti bastante.

Os genes italianos e germânicos proliferam rebolativos pela cidade e é um espetáculo digno de nota você sentar a bunda em um bar qualquer e observar o desfile.

E, claro, os caras sabem fazer um bom churrasco.

Porém o clima Porto Alegre Uber Alles segue firme e forte e é bom ficar esperto para não tomar uma patada dos locais logo na saída do avião. Há uns meses atrás um amigo meu do Rio veio para cá e apostei que não demoraria seis horas para ele ser surrado por uma turba enfurecida. Me dei mal, levou só três horas para ele tomar uns tapas.

Povo hospitaleiro.

Quarta volto para o Rio e retomo minhas atividades de cartunista, diretor de animação não-sindicalizado e mendigo relutante.

- Mais um chopp no capricho, por favor!

Allan Sieber - 9:29 - [(22) Comentários]

11/01/2005

SEGURA A ONDA

Allan Sieber - 11:09 - [(14) Comentários]

14/01/2005

LIVING LA VIDA LOCA

Desenho para ilustrar uma matéria da Outracoisa sobre as Edições Tarja Preta. Da esquerda para direita: Matias, Juca e Vanessonic.

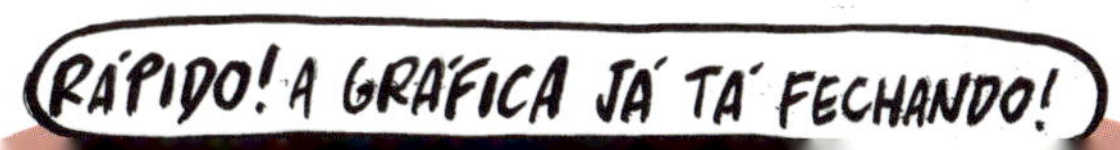

Allan Sieber - 12:06 - [(10) Comentários]

02/02/2005

A TRANCOS E BARRANCOS

Em março sai a F#2. Dessa vez fui escalado para fazer a capa.

Difícil manter o padrão do Leo, mas tudo bem.

Entre as atrações estão uma entrevista com o gênio Mr. Catra, e Schiavon como "convidado", com uma história de 3 páginas mais um poster monstruoso. Além de mais Memórias Alheias, Futebol Força Futebol Clube, Joe Pimp e Vandik Pansexual. Só sucesso.

Allan Sieber - 14:29 - [(23) Comentários]

< www2.uol.com.br/trip/130/sieber/home.htm >

14/02/2005

JÁ É

Hoje entra no site da Trip a minha cobertura carnavalesca.

[bera] Vc esta virando um colunista. Esse migueh de fazer HQs autobiograficas quando faltam historias de verdade serviu pra alguma coisa no final das contas.
[The Ragi] A revista te chamou de bagaceira. Eu não deixava.
[parara] consegue uma revista com aquela gostosa na capa pra mim?obrigado

Allan Sieber - 3:02 - [(26) Comentários]

< www.gonzo.org >

21/02/2005

MAIS UM

O grande Hunter S. Thompson meteu uma bala nos cornos.
Dia ruim.

Allan Sieber - 19:04 - [(9) Comentários]

08/03/2005

DIA INTERNACIONAL DA MULHER

Allan Sieber - 12:36 - [(43) Comentários]

TÁ NA MÃO

O cartaz do SOU FEIA MASTÔ NA MODA para a exibição semana passada em Londres. Parece que o filme bombou, como diriam meus vizinhos cariocas.

[beleza!] velho ficou com cara de capa de filme porno. Tipo "estrelando as fulanas" e tal. Eu até pensei q fosse uma homenagem ao Mike in Brazil. Muito bom.
[Mr.Crowley] putz...agora estamos exportando lixo tb...Pô, Alan, você que parecia ser uma pessoa tão inteligente...apoiando esse lixo?

Allan Sieber - 22:22 - [(32) Comentários]

01/04/2005

LEI É LEI

[Rodrigo] Seu lixo..... se você é ateu respeite o catolicismo.... vá lamber a bunda do seu cachorro....
[Camila] q falta de respeito , vcs não tem noção mesmo , o kra sofreu e vcs ainda fazem piada...tsc ,tcs
[Diego] Ah sim, "algum tipo de sexo" (anal, oral, sabãozinho...) tem aumentado o número de casos de DSTs como sífilis, HPV e outras. Pensem um pouco ok?
[Mateus] Que piada besta e de extremo mal-gosto... o autor deve ser um mal amado mesmo.
[Allan] O que seria de mim sem meus queridos leitores não fundamentalistas? Valeu, moçada.Um sincero agradecimento a leitora que se dispôs a dar para mim e chupar meu pau num momento lindo.
[FOCANE] mas que caralho é sabãozinho?

Allan Sieber - 13:06 - [(167) Comentários]

Deixe seu comentário

Nome

Comentário

Nome

Comentário

Nome

Comentário

O AUTOR

Allan Sieber (Porto Alegre, 1972) é diretor de animação e cartunista.

Morando desde 1999 no Rio, mantém sua produtora de animação Toscographics e realizou os curtas *Deus é Pai* (1999), *Onde Andará Patrucio Felker?* (2001) e *Jonas* (2003), entre outros, além de ter sido o responsável pelas animações do filme *O Homem Que Copiava* (2002), de Jorge Furtado.

Já publicou seus quadrinhos no Brasil, Espanha, Argentina e França. Em 2003 lançou o álbum *Preto no Branco* e em 2004 o *Vida de Estagiário*, ambos pela editora Conrad.

Atualmente publica nas revistas *Trip* e *Sexy* e no jornal *Folha de S. Paulo*, além de atualizar diariamente seu site – **www.allansieber.com** – com textos e cartuns.

O texto deste livro foi composto em Grotesque MT Std. O miolo foi impresso na Milograph em papel alta alvura 150g/m2 e a capa na Zen Serigrafa em cartão cinza Horlli no 20. em setembro de 2005 sob encomenda da editora Casa XXI.